ANDRZEJ MLECZKO
tylko dla dorosłych

ANDRZEJ MLECZKO
tylko dla dorosłych

OPRACOWANIE GRAFICZNE
Andrzej Barecki

Zdjęcie na okładce
Andrzej Świetlik

ISBN 83-244-0001-X
Wydawnictwo ISKRY
ul. Smolna 11, 00-375 Warszawa
tel./faks (0-22) 827-94-15
e-mail: iskry@iskry.com.pl
www.iskry.com.pl

Emanuel Kant stwierdził, że uprawianie seksu to zajęcie niegodne filozofa. Święty Augustyn słusznie uważał współżycie kobiety i mężczyzny za największe zło. Także wielu innych wybitnych filozofów, naukowców i polityków wołało wielkim głosem, że seks jest niemoralny, nieestetyczny i może być powodem wielu problemów natury emocjonalnej. Mimo to ludzkość od wieków, nie bacząc na przestrogi poważanych autorytetów, uprawia tę ryzykowną rozrywkę. Dołączając do grona zatroskanych ciągłym rozpowszechnianiem się seksu, przedstawiamy niniejsze opracowanie. Jest ono oparte na wieloletnich badaniach, eksperymentach oraz tekstach źródłowych. Analizując dogłębnie to zagadnienie, nie udało nam się niestety uniknąć przedstawienia scen drastycznych o jednoznacznie erotycznym zabarwieniu. Jak wiadomo, pokazywanie scen drastycznych, brutalnych, a co gorsza obscenicznych jest niezwykle szkodliwe dla zdrowia, a w szczególności dla psychiki człowieka. W związku z tym chcemy ostrzec przed ewentualnymi groźnymi konsekwencjami oglądania zamieszczonych w tej publikacji rysunków. Między innymi mogą się pojawić nieodwracalne zmiany w postrzeganiu rzeczywistości polegające na zmniejszonej wrażliwości dotyczącej uczuć wyższych, a także na przedmiotowym traktowaniu płci przeciwnej. Prócz tego mogą wystąpić zawroty głowy, nerwowe tiki, rwanie w kościach i kaszel. Aby uniknąć podobnych przypadków, radzimy po zapoznaniu się z każdym kolejnym rozdziałem robić dłuższą przerwę, aby odzyskać równowagę psychiczną i uspokoić nadwyrężony system nerwowy. Wskazane by było również profilaktyczne zastosowanie przed lekturą łatwo dostępnych środków uspokajających pochodzenia roślinnego. Mimo wymienionych powyżej zagrożeń mamy nadzieję, że książka ta uświadomi społeczeństwu, do jakich spustoszeń może doprowadzić beztroskie zaspokajanie prymitywnych potrzeb seksualnych.

ROZDZIAŁ 1

 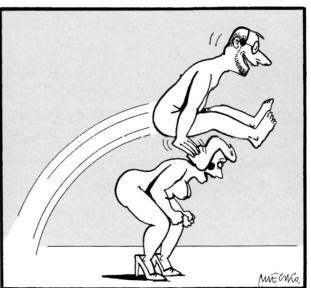

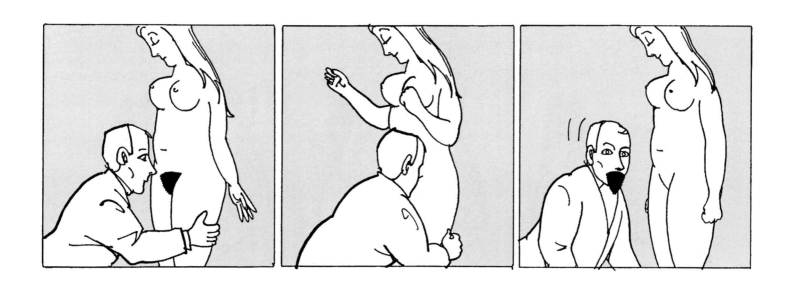

ROZDZIAŁ 2

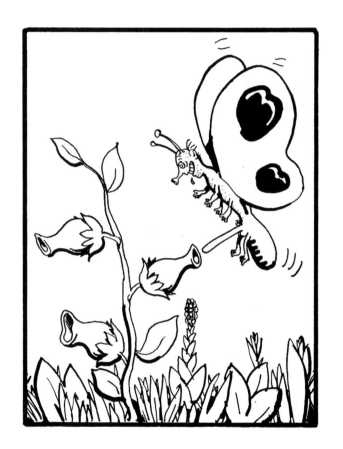

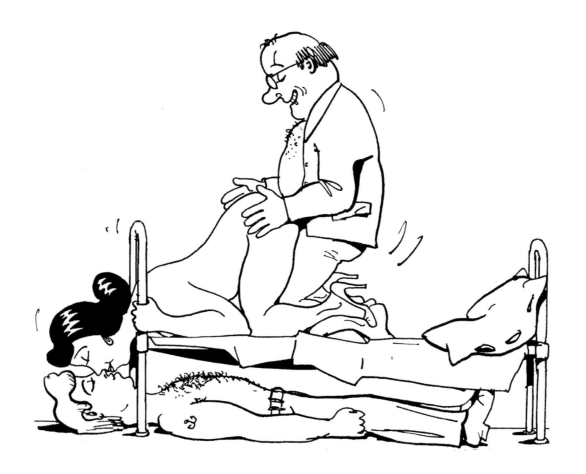

ROZDZIAŁ 3

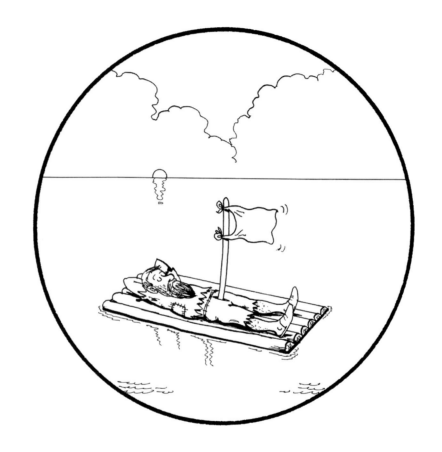

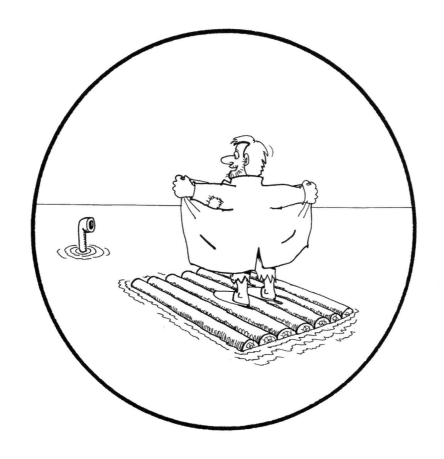

ROZDZIAŁ 4

PODANIE

Szanowny Panie Prezesie!

Zwracam się do Pana z prośbą o pomoc i zrozumienie dla mojej trudnej sytuacji życiowej. Wszystko zaczęło się od tego, że zawróciła mi w głowie sekretarka z pokoju obok. Dotąd byłem bezwzględnie wierny mojej żonie Renacie, ale tym razem nie potrafiłem się oprzeć. Na swoje usprawiedliwienie mam to, że sekretarka używała różnych dezodorantów i pachnideł, do których w domu nie byłem przyzwyczajony. Poza tym nosiła siatkowe pończochy, co doprowadzało mnie do obłędu. W każdej wolnej chwili uprawialiśmy seks na biurku w moim gabinecie, a jej namiętność była dzika i nieokiełznana.

Niestety po kilku miesiącach idylla się skończyła. Któregoś dnia powiedziała mi obcesowo, że muszę wybierać między nią a moją żoną. Chciała, abym natychmiast ujawnił publicznie wszystko, co nas łączy. Na próżno tłumaczyłem, że to niemożliwe, że popsuje to moją reputację, lecz ona była nieubłagana.

Nie mogłem dopuścić, żeby żona dowiedziała się, że mam romans. Dlatego następnego dnia dyskretnie przyniosłem do pracy tasak i dużą walizkę. Kiedy znowu zażądała, żebyśmy opowiedzieli wszystkim o naszym związku, uderzyłem ją w głowę tasakiem. Następnie poćwiartowałem zwłoki i włożyłem do walizki.

Pozostało tylko wyjść niepostrzeżenie z biura i wrzucić ciało do rzeki. Kiedy zdenerwowany schodziłem po schodach, walizka nagle się otworzyła i jej zawartość z hukiem rozsypała się dookoła.

Od tego czasu życie stało się dla mnie koszmarem, albowiem przylgnęło do mnie przezwisko „niezguła".

Mając powyższe na uwadze, proszę o przeniesienie mnie do innego działu, albowiem ciągłe docinki kolegów przeszkadzają mi w pracy.

Z poważaniem
Stefan Michalski

ZBOCZENIEC – z kroniki sądowej

Zboczeniec długo grasował bezkarnie. Ani rodzina, ani znajomi, ani współpracownicy nie podejrzewali, że to właśnie on. Był zwykłym, nierzucającym się w oczy obywatelem. Nikt nawet nie przypuszczał, że ten spokojny, wykształcony i dobrze wychowany człowiek może być tak okrutny i bezwzględny. Teraz, kiedy został ujęty, miejscowa ludność odetchnęła z ulgą. A oto jak wyglądał jego potworny proceder.

Wyruszał pod osłoną nocy, zaczajał się w ustronnym miejscu i czekał. Kiedy upatrzył sobie ofiarę, szedł za nią, czekając na sprzyjający moment. Następnie rzucał się na nią znienacka i, wykorzystując zaskoczenie oraz swoją przewagę fizyczną, zmuszał do myślenia.

BANKIECIK

Każdy mężczyzna jest zmuszony od czasu do czasu zorganizować perwersyjny bankiecik w mieszanym towarzystwie. Oczywiście należy się do niego odpowiednio przygotować. Jak wiadomo, podstawą tego typu pikantnego przyjęcia jest kąpiel roznegliżowanych dziewcząt w szampanie. Dlatego udajemy się do hurtowni, kupujemy tam większą ilość szampana i przynosimy do domu. Następnie aranżujemy intymne oświetlenie, puszczamy odpowiednią muzykę i spokojnie czekamy na gości.

Kiedy goście się zejdą, przenosimy wannę z łazienki do pokoju i napełniamy ją uprzednio zakupionym szampanem. Po pewnym czasie sugerujemy delikatnie panienkom, że powinny się rozebrać. Następnie wśród żartów i chichotów umieszczamy panienki w wannie, gdzie figlują sobie wesoło, a my możemy dyskretnie zamknąć się w łazience i spokojnie pogadać o polityce.

JAK ZDOBYĆ KOBIETĘ

Zdobycie kobiety wcale nie jest łatwe. Po pierwsze musimy zrobić wszystko, aby jej zaimponować i zrobić jak najlepsze wrażenie. Jak wiadomo, kobiety lubią mężczyzn wykształconych i posiadających szerokie horyzonty. Dlatego przez długie lata studiujemy intensywnie, uczymy się języków obcych oraz długo i wytrwale poszerzamy sobie horyzonty. Wiedza niestety nie wystarcza. Liczy się także zajmowane stanowisko, w związku z tym kilkanaście kolejnych lat poświęcamy na wspinanie się po szczeblach kariery. Niebłahym atutem jest również uznanie w społeczeństwie. Nie należy więc żałować czasu na uzyskiwanie medali i wysokich odznaczeń.

Gdy już będziemy mieli stanowisko i prestiż społeczny, może się okazać, iż w międzyczasie zapomnieliśmy, że aby zdobyć kobietę, należy otoczyć ją luksusem. Rzucamy się więc w wir pracy i pod koniec życia dysponujemy pieniędzmi, samochodem i pięknym domem. W domu tym spędzamy resztę życia, przeznaczając czas na spokojne przypominanie sobie, po jaką to właściwie cholerę chcieliśmy ją zdobyć.

JAK POZBYĆ SIĘ KOBIETY

Pozbyć się kobiety jest o wiele trudniej niż ją zdobyć. Szczególnie kiedy nas kocha, a wiadomo, jak potężne może być uczucie kobiety. Potrafi ona wczepić się w nas pazurami i lamentować, przez co sytuacja staje się niezręczna. Próby przekonania jej, że już czas na rozstanie, spalają z reguły na panewce.

Wtedy stosujemy pewien chytry i niezawodny sposób. Czekamy mianowicie na silne mrozy, po czym idziemy nad rzekę i wykuwamy przerębel o średnicy około sześćdziesięciu centymetrów. Następnie wchodzimy do przerębla i przebywamy w nim bez przerwy, nie bacząc na niską temperaturę. Po kilku godzinach, gdy ktoś nas wreszcie zauważy i odwiezie do domu, mamy już zapalenie opon mózgowych, gruźlicę, a przy odrobinie szczęścia całkowity paraliż.

I w ten oto prosty sposób, mimo że kobiety pozbyć się nie jest łatwo, osiągamy nasz zasadniczy cel. Kiedy bowiem kobieta zorientuje się, że nie nadajemy się już do niczego, sama nas wyrzuci na zbity pysk.

JAK ZATRZYMAĆ MĘŻA W DOMU

Nie ma na to rady. Co jakiś czas każdy mąż chce z domu uciec, w świat gdzieś pójść, życie nowe zacząć. Oczy mu biegają, za kobietami się rozgląda, energia go rozpiera. Na nic się wtedy prośby zdadzą, bo go tylko rozjuszyć mogą. Na próżno też drutem kolczastym dom otoczysz, na próżno transzeje i wilcze doły wokół domu kopać będziesz. Z każdego dołu wylezie i pójdzie, gdzie oczy poniosą. Nawet jeżeli drzwi deskami zabijesz, to tapetę przegryzie i przez mur się przebije. Jak widzisz, droga czytelniczko, nie są to dobre metody i skutku właściwego nie przynoszą.

Jeżeli chcesz rodzinne stadło ocalić, to w panikę nie wpadaj i z rozmysłem działaj. Gdy zobaczysz podejrzane błyski w oczach męża swego, rób, co następuje: kup siekierę ciężką i na widocznym połóż miejscu, a potem na listonosza spokojnie czekaj. Gdy listonosz wejdzie, minę zrób zalotną, rzuć mu się na szyję i wpij w niego usta. Na ten widok mąż twój wścieknie się straszliwie i spędzi resztę dnia, uganiając się za tobą z siekierą, tracąc sukcesywnie siły i ochotę na wychodzenie gdziekolwiek.

BAJKA O DWÓCH BRACIACH I ZACZAROWANEJ KRÓLEWNIE

Dawno, dawno temu żyło dwóch braci. Jeden był bardzo mądry, a drugi dla odmiany bardzo głupi. O mądrym ludzie mówili, że piękny jak malowanie, o głupim, że brzydal, bo rzeczywiście był dość paskudny. Mądry brat bardzo niedobry był. Zwierzę napotkane zawsze ukrzywdził, na cnotę dziewcząt okolicznych bez przerwy dybał i po cudzych nieszczęściach do bogactwa i władzy się piął. Głupi nikomu krzywdy nie zrobił, kobiety bardzo szanował, a zwierzęta wszelkie kochał i dokarmiał przy każdej okazji. Mądremu zawsze się szczęściło i miał wszystko, czego tylko zapragnął. Głupiego i brzydkiego wszyscy poniewierali i tylko drwinami darzyli.

Któregoś dnia głupi brat poszedł nad rzekę i żabę zobaczył, która niespodziewanie ludzkim głosem do niego powiedziała: „Pocałuj mnie i czar zły ze mnie zdejmij". Brat głupi w rękę żabę wziął i bez wahania ucałował. Wtedy z żaby skóra żabia opadła i królewna piękna się ukazała.

Po kilku dniach królewna z bratem mądrym i pięknym się pobrali i żyli długo i szczęśliwie.

I stała się rzecz dziwna. Od tego czasu brat głupi stał się antypatyczny i opryskliwy, kobiety od najgorszych wyzywał, zwierzęta przy każdej okazji dręczył, a ludzie zaczęli mówić, że nie dość, że głupi i brzydki, to jeszcze kawał chama.

ROZDZIAŁ 5

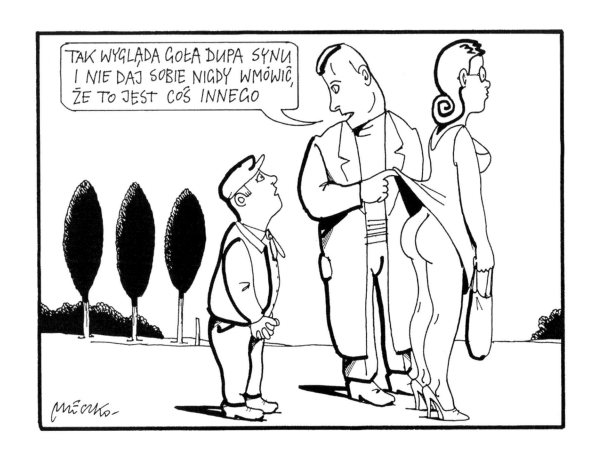

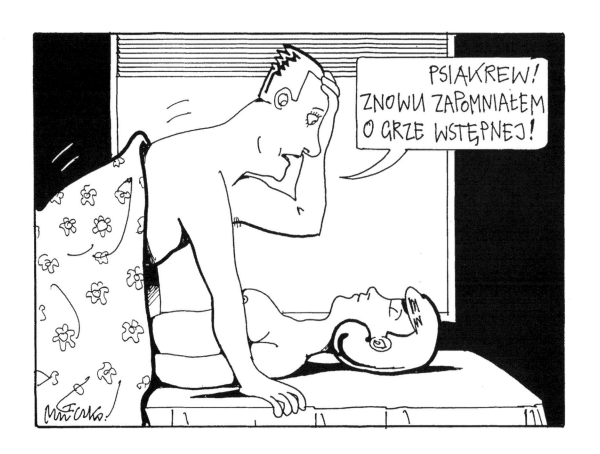

ALE MIMO TO SĄ TAKIE CHWILE, KIEDY WYDAJE MI SIĘ, SAM NIE WIEM DLACZEGO...

ŻE MÓJ NOS MÓGŁBY BYĆ JESZCZE TROCHĘ DŁUŻSZY...

ANEGDOTKA NA ZAKOŃCZENIE

Kiedyś podobno Balzak i Heine wybrali się na spacer ulicami Paryża. W pewnym momencie przeszła obok nich młoda i bardzo atrakcyjna kobieta. „Niech pan spojrzy na nią – powiedział Balzak. – Jak się wspaniale porusza, jak jest elegancko ubrana. Tego nie można się nauczyć, z tym się trzeba urodzić. Założę się, że to jakaś księżna!"

Na to Heine odpowiedział, że jemu się wydaje, że to nie żadna księżna, tylko zwykła kurwa. Założyli się, kto ma rację, i podeszli do damy, żeby sprawę wyjaśnić. I okazało się, że obaj mieli rację.

PRZYGOTOWALNIA
Notus, Warszawa
DRUK I OPRAWA
Drukarnia
Wydawnicza
im. W.L. Anczyca,
ul. Wrocławska 53,
30-011 Kraków